Las calabacitas de Zora

por KATHERINE PRYOR • ilustrado por ANNA RAFF

Readers
to **Eaters**

San Francisco, California

Para Celia y Michele. Las hermanitas hacen que todo sea mejor. — *K.P.*

Para el Comité. — *A.R.*

Text copyright © 2015 by Katherine Pryor
Illustrations copyright © 2015 by Anna Raff
Translation copyright © 2020 by READERS to EATERS

Readers
to **Eaters**

READERS to EATERS
1620 Broadway, Suite 6, San Francisco, CA 94109
Distributed by Publishers Group West

ReadersToEaters.com

Printed in the U.S.A. by Worzalla, Stevens Point, Wisconsin (8/20)

FSC
www.fsc.org
MIX
Paper from
responsible sources
FSC® C002589

Book design by Anna Raff
Book production by The Kids at Our House
The text is set in Billy.
The illustrations were made from ink and watercolor, colored digitally.

10 9 8 7 6 5 4 3 2 1
First Edition

Library of Congress Control Number: 2015937173
ISBN 978-7351522-0-2

Solo era el tercer día de las vacaciones de verano, pero a Zora ya se le habían acabado las ideas.

Zora manejaba su bicicleta formando lentos y grandes círculos alrededor del barrio, como lo había hecho el día anterior y el día anterior a ese.

Cuando Zora pasó por la ferretería, descubrió algo nuevo:
un montón de plantas con hojas verdes y despeinadas.

—Zu-qui-nis gratis —leyó Zora—. Con Z como mi nombre.

Llenó su canasta con plantas de calabacitas zucchini y se dirigió a casa.

—¡Mira lo que encontré! —anunció Zora—.
¡Calabacitas! Las voy a plantar en nuestro jardín.

Zora cavó grandes hoyos para que
las raíces tuvieran espacio para crecer.
Acomodó las plantas apretaditas
en la tierra.

Regó cada una de ellas.

—Van a ser muchísimas calabacitas —dijo su papá.

—¡Nos las comeremos todas! —prometió Zora.

A medida que el tibio junio se volvía un caluroso julio, Zora cuidaba su jardín. Regaba las plantas cuando las hojas se ponían tristes. Gritaba entusiasmada cada vez que veía una nueva flor amarilla-naranja.

Una mañana, Zora descubrió ¡su primera calabacita!

La arrancó del tallo de un solo jalón y corrió para mostrársela a su familia.

Cada día la familia de Zora encontraba nuevas formas de preparar calabacitas. Su hermano hizo pan. Su hermana hizo sopa. Sus papás las marinaban y las rallaban y las asaban. A medida que crecía el jardín de Zora desayunaban comían y cenaban calabacitas.

—¿Más? —ofrecía Zora.

Para el primero de agosto, el jardín de Zora era una
jungla de plantas rasposas, frondosas, y picosas.
Cada una de esas plantas estaba cubierta de calabacitas.

No había forma de que su familia se las comiera todas.

Zora se asomó al jardín de su vecina.
Estaba lleno de tomates, pero no había calabacitas.
—¡Hola, señora Thompson! ¿Le gustaría cambiar
tomates por calabacitas? —preguntó Zora.

—¡Claro que sí! —respondió la señora Thompson.

Zora cambió un montón de calabacitas por un montón de tomates.

Las calabacitas de Zora siguieron creciendo.

—¡Qué locura! —dijo.

Llenó su bicicleta y las regaló todas.

Al día siguiente Zora encontró aún *más* calabacitas.
—¿En serio? —se dijo.
Zora pensó y pensó. Se le ocurrió algo, pero sabía
    que no podría hacerlo sola.

Su hermano pintó anuncios.
Sus papás imprimieron volantes.

Zora y su hermana los pegaron por todo el barrio.

Para el sábado, Zora había abierto su Tienda de Cambalaches.

Zora enderezó su anuncio. Vio la hora. El sol se puso más caliente, los pies de Zora se volvieron más inquietos, y le preocupó que su cambalache se volviera un chasco.

or at least please

Entonces, Zora vio que la señora Rivera
cargaba un platón de frambuesas y que el señor
Peterson traía papas. Los vecinos llegaron con
zanahorias, pimientos y ejotes de sus jardines.
Compartieron las ciruelas, los chabacanos
y las cerezas de sus árboles.

La gente dejó todo lo que tenía de más y se llevó lo que quería. Zora hizo cambalache tras cambalache hasta que se acabaron las calabacitas.

Zora miró a su alrededor, a todo ese montón de vecinos comiendo, riendo y platicando con tanta alegría.
¡Su jardín de calabacitas había reunido a mucha gente!

Ya estaba tramando lo que plantaría el verano siguiente.

Cuando los jardines crecen... y crecen... y crecen

Los jardines son complicados. Algunas semanas vemos a los tomatitos, la lechuga y los ejotes como si fueran un milagro; demasiado preciosos para comerlos. Conforme avanzan las temporadas y nuestros jardines producen más alimentos de los que podemos comer, nos preguntamos: "¿Qué pensaba cuando planté todo esto?"

Alrededor de una tercera parte de la comida se desperdicia en todo el mundo, lo que significa que también se desperdician toda el agua, el trabajo y el tiempo que tomó producir la comida. Entonces ¿qué puedes hacer cuando tienes demasiada?

DÓNALA. Considera donar las frutas y verduras que te sobran a un banco de comida en tu ciudad. La gente va a los bancos de comida cuando no tiene suficiente para comer y, muchas veces, los alimentos frescos son los más difíciles de adquirir y mantener para estos bancos. Muchas ciudades tienen programas de recolección de árboles frutales, donde voluntarios cosechan la fruta de los árboles de sus vecinos y la llevan a un banco de comida o cocina comunitaria.

PRESÉRVALA. Hacer conservas, encurtidos, congelar o secar frutas y verduras son buenas formas de extender la abundancia del verano hacia los meses del otoño y el invierno. Congelar y poner en frascos las calabacitas que te aburren en agosto puede llenar el congelador y la despensa con deliciosa comida para el resto del año.

COMPÁRTELA. Organiza una vendimia para la escuela o el barrio. Haz una cacería de tesoros en el jardín, prepara un cambalache de frutas y verduras o intercambia tus recetas favoritas. Compartir la comida con otros es una gran idea para conocer a tus vecinos, hacer nuevos amigos y darle algo a la comunidad, tal como lo hizo Zora.